O PÃO E A ESFINGE
seguido de
QUINTANA E EU

Sergio Faraco

O PÃO E A ESFINGE
seguido de
Quintana e eu

L&PM EDITORES

Capa: Marco Cena
Revisão: Jó Saldanha

                CIP-Brasil. Catalogação-na-Fonte
           Sindicato Nacional dos Editores de Livros, RJ

F225p

Faraco, Sergio, 1940-
    O pão e a esfinge ; seguido de, Quintana e eu / Sergio Faraco. – Porto Alegre, RS : L&PM, 2008.
    96p.

    ISBN 978-85-254-1833-3

    1. Crônica brasileira. 2. Faraco, Sergio, 1940- - Correspondência. I. Faraco, Sergio, 1940-. Quintana e eu. II. Título. III. Título: Quintana e eu.

08-4003.   CDD: 869.98
                          CDU: 821.134.3(81)-8

© Sergio Faraco, 2008

Todos os direitos desta edição reservados a L&PM Editores
Rua Comendador Coruja 314, loja 9 – Floresta – 90220-180
Porto Alegre – RS – Brasil / Fone: 51.32255777 – Fax: 51.32215380

PEDIDOS & DEPTO. COMERCIAL: vendas@lpm.com.br
FALE CONOSCO: info@lpm.com.br
www.lpm.com.br

Impresso no Brasil
Primavera de 2008

Sumário

Crônicas

O pão e a esfinge | 9
Nossa solidão cósmica | 11
O papel do acaso | 13
A caverna do alemão | 15
Crime sem castigo | 17
Malandragem à inglesa | 19
O horror | 21
A luz crua | 23
Viajar nas férias | 25
Beijos | 27
Ao coração do homem | 29
A prova da espada | 31
Os primeiros automóveis | 33
La nena | 35
Bessie Allison | 37
A idade da inveja | 39
No tempo do mil-réis | 41
Uma vida de superação | 43

Quintana e eu

1967: uma entrevista inédita | 47
1984: um beijo antes do sono | 51
1985: visita ao acidentado | 53
1986: a imagem perdida | 55
1988: o poeta do Clube Jangadeiros | 57
1989: o ferreiro e a forja | 59
1994: sem perdão | 65
Velhas cartas do velho poeta | 67

Sobre o autor | 93

CRÔNICAS

O pão e a esfinge

Pergunta incômoda de que o escritor não raro é vítima: qual a relação entre seus livros e sua vida? Quer-se saber, afinal, qual o teor de realidade que pode haver numa obra de ficção.

Podemos convir desde já em que o escritor não dispõe de dons que excresçam aos normais. Não cria nada. Para criar, precisa da massa, como o padeiro. François Mauriac, em *O romancista e seus personagens*, comenta que o escritor, qual um símio, imita o que vê. A comparação, radical ou caricata, não é impertinente: o escritor só pode escrever sobre aquilo que conhece ou que, de algum modo, fez parte de sua vida. A questão é sabermos o que significa, na relação com a literatura, a vida de um escritor.

Todas as pessoas são sensíveis, em diversa gradação, e têm inclinação para *viver* vidas que não são suas, "uma espécie de comunhão afetiva, pela qual dois seres se identificariam um com o outro de tal forma que chegariam a ter os mesmos sentimentos". Esta é a definição que dá Henri Piéron à intropatia, destacando sua reciprocidade, e que nossos dicionaristas, verbetando o sinônimo, alteram ligeiramente, admitindo-lhe a vigência unilateral: é a tendência para sentir o que se sentiria caso se estivesse na situação e circunstâncias experimentadas por outra pessoa.

Essa tendência se manifesta, por exemplo, no caso do indivíduo que ruboriza ao testemunhar ato vergonhoso ou ridículo: ele, com sua *intropathie*, tende a assumir o lugar do agente. O escritor não precisa ter tal dom mais desenvolvido do que o comum das pessoas, mas o tem, certamente, priorizado em seu modo de sentir, por isso ele se tornou um escritor e não um bancário ou cirurgião-dentista. Seu tabuleiro é um crisol de experiências plurais. Com o tempo e a idade, o senso crítico e as técnicas que aperfeiçoa, aprende a esfarinhar essas existências que sentiu em comunhão, emassando-as com a sua e uma pitada de fermento. Levedando, ao forno.

Eis o que geralmente se pensa, mas, cá comigo, desconfio de que nada disso é muito certo. Quem pode garantir, no sentido leibniziano, que a ficção é contingência de uma realidade necessária?

E se for o contrário?

Por cautela, não devemos viajar ao mesmo tempo nessas duas estradas: a vida nos romances e os romances da vida. Ambas podem ser verdadeiras, cada qual em sua dimensão, ou sua natureza, e confundi-las equivaleria ao fim de uma espécie de outra vida que temos, ou seja, uma espécie de outra morte que teríamos. O enigma de uma outra Esfinge: se o deciframos, ele nos devora.

Nossa solidão cósmica

Nos anos 60 visitei o Observatório de Biurakan, na Armênia, que possuía o então terceiro mais potente telescópio do mundo, e ouvi uma palestra do renomado astrofísico Victor Ambartsumian, diretor do observatório e vice-presidente da Associação Internacional de Astrofísica. Ao final, quando se ofereceu para dialogar, fiz uma pergunta sobre algo que me interessava e ainda me interessa: era possível a existência de vida em outros pontos do Universo?

O cientista foi taxativo: não estávamos sozinhos.

Se apenas na Via Láctea se contavam duzentos bilhões de estrelas, era factível que entre elas houvesse dois bilhões de sistemas planetários – e isso, claro, sem contar o Universo como um todo. A existência de outros mundos habitados dependia tão-só da ocorrência, naqueles sistemas, de um planeta que se assemelhasse ao nosso, dispondo dos átomos elementares da vida: carbono, nitrogênio e oxigênio, além do onipresente hidrogênio.

Um dia o conheceremos, animou-se minha juventude.

Hoje estou propenso a crer em nossa definitiva solidão nesta gota que o Big Bang pendurou na orla da

Via Láctea, se é que não vamos destruí-la antes que o Big Crunch o faça.

    Nesse espaço infinito cujas galáxias continuam a se afastar umas das outras – é a Lei de Hubble –, as distâncias são inconcebíveis. Vejam só como as demonstra André de Cayeux, que foi professor na Sorbonne, na Universidade de Laval (Quebec) e na Universidade de Montreal, e também presidente da Associação Internacional de Planetologia: se considerarmos o Sol como uma bola de tênis, de aproximadamente dez centímetros de diâmetro, a Terra será um grânulo de um milímetro de diâmetro a onze metros de distância, Saturno uma esférula de um centímetro a cem metros e Plutão uma insignificância de 0,3 milímetros a quatrocentos metros da bola de tênis.

    E as estrelas?

    Em tal escala, a estrela mais próxima de nós estaria a dois mil quilômetros de distância. Supondo-se que essa Terra de um milímetro estivesse na Praça da Alfândega, em Porto Alegre, a estrela estaria em Vitória, no Espírito Santo.

    Conseguiremos alcançá-la algum dia?

    E a outras mais longínquas?

    Ai de nós, as atuais sondas espaciais, lançadas pelas ventas do cavalo do General Osório, no centro da dita praça, não conseguem chegar nem ao cais do porto.

O papel do acaso

Em meus seis ou sete anos, minha mãe leu para mim, com inflexão dramática, um relato sobre o naufrágio do *Titanic*, que começou na noite de 14 de abril de 1912, um domingo, e terminou pouco depois das duas horas da madrugada de segunda-feira, matando mais do que o dobro dos 705 sobreviventes. Desde então, aquela noite lancinante me persegue: é o meu assombro face à magnitude do sinistro.

Vi todos os filmes que focalizaram o drama do *Titanic*, li muitos livros e também os inquéritos abertos nos Estados Unidos e na Inglaterra sobre as circunstâncias do afundamento, e sempre lamentei nunca ter lido *Echoes in the night*, a memória de Frank Goldsmith, que aos nove anos, com seus pais, embarcou na terceira classe do navio. Ele foi resgatado, na companhia da mãe, pelo *Carpathia*.

Os filmes, curiosamente, omitem um incidente que teve lugar no dia 10 de abril, quando o *Titanic* zarpou de Southampton, na costa sul da Inglaterra. Ele descia o canal e seu poderoso sulco fez balançar um grande vapor surto nas imediações, o *New York*, que acabou por movimentar-se em sua direção. A colisão era iminente. No derradeiro instante, foi evitada por um rebocador, que deteve a embarcação à deriva. Sua popa deixou de abalroar o *Titanic* por escasso um metro e vinte.

Se os viradores e as espias do cais tivessem sustentado o *New York*, o *Titanic* não teria retardado a saída do canal em uma hora, como retardou, e às 22h40min de domingo, no Atlântico Norte, talvez passasse ao largo da montanha de gelo que lhe rasgou o costado. Suponha-se, no entanto, a ocorrência do choque com o *New York*: tornando o grande navio ao estaleiro de Belfast, aquelas 2.200 pessoas, inclusive o pai de Frank Goldsmith, teriam seguido para a América no outro gigante da White Star Line, o *Olympic*, lá chegando sãos e salvos.

A morte de um sol em remota galáxia bem pode afetar um galho de limoeiro sob a janela, como argüía o Jacintinho de Eça, em *A cidade e as serras*. Um dos viajantes, ao menos, reconheceu e receou, como Schopenhauer, o papel do acaso nos destinos humanos. Passado o susto no canal de Southampton, um menino de onze anos, William Carter, que viajava na primeira classe e sobreviveu com os pais, ouviu um homem dizer: "Na minha opinião, não é um bom começo para uma viagem inaugural".

Não era.

A caverna do alemão

Quando embarcamos num moderno automóvel, se há algo que nos impressiona é o grau de sofisticação em matéria de conforto, segurança, eficiência e confiabilidade. Hoje em dia, não podemos nem mesmo dizer que, aos automóveis, só falta falar. Já falam. No entanto, olha só: superados tantos degraus pela indústria automobilística na íngreme escadaria da evolução, dir-se-ia que ela avançou com um pé só.

A história do automóvel não começa com Karl Benz, em 1885, mas quase dois séculos antes, em 1712, quando o engenheiro inglês Thomas Newcomen inventou a máquina a vapor. Sua engenhoca não produzia o vapor dentro do sistema alimentado, mas em sistema à parte, que o conduzia ao cilindro para mover o pistão. Essa desengonçada combinação exigia dimensões que faziam da máquina um trambolho.

Em 1860, o francês-belga Jean-Joseph-Etienne Lenoir alçou-se ao segundo degrau. Em seu motor de combustão interna, a mistura de ar com vapor inflamável explodia dentro do cilindro, por ação de uma centelha, e a conseqüente redução do tamanho lhe facilitava a adaptação a uma estrutura móvel. Tiveram lugar, então, as primeiras tentativas de fabricar um veículo motorizado.

O terceiro e mais importante passo remonta a 1876, quando o engenheiro alemão Nikolaus August Otto criou um motor em que o pistão cumpria quatro movimentos de distintos efeitos dentro do cilindro:

1. *Admissão*
Movia-se o pistão para baixo, permitindo a entrada de ar e vapor inflamável no cilindro.
2. *Compressão*
Movia-se o pistão para cima, comprimindo a mistura.
3. *Combustão*
Uma centelha provocava a explosão, que empurrava o pistão para baixo, gerando a força que propulsionava o sistema.
4. *Escapamento*
Movia-se o pistão para cima, expelindo os gases queimados.

Um grande invento, aparentemente definitivo. Um dos pés da indústria continua preso no terceiro degrau e, se o outro subiu tanto, é certo que já a constrange o fundilho roto. Os automóveis de agora são dotados de estupendos sistemas de alimentação, mas nunca é demais lembrar que, nas cavernas candentes do motor, passados mais de 130 anos, um alemãozinho que atende por Otto, muito atarefado, segue comandando o vaivém do pistão. Ali está o miolo do pão. O resto é casca ou papel de embrulho.

Crime sem castigo

Em 1946, chegava ao Rio de Janeiro com a mãe e irmãos uma garotinha de sete anos que, pouco antes, perdera o pai em Minas. Para poder trabalhar, a mãe a internou no Educandário Gonçalves de Araújo, em São Cristóvão, destinado às meninas órfãs e administrado pela Irmandade Filhas de São José. Ao deixar o internato, doze anos depois, ela ignorava as torpezas da vida mundana e, por isso, só viveria mais sete meses.

Anoitecia em Copacabana, em 14 de julho de 1958, quando ela se retirou da Escola Remington de Datilografia, na Rua Miguel Lemos, e foi abordada por um rapaz de dezenove anos, que para obrigá-la a acompanhá-lo tomou-lhe os óculos e a bolsa. Mancomunado com outro de dezessete anos e o porteiro do edifício 3.888 da Avenida Atlântica, levou-a ao terraço, no 13º andar. O menor e o porteiro estavam ocultos, o segundo sobre a caixa d'água: sua recompensa era assistir o que fariam com a moça e depois também desfrutá-la.

Junto ao parapeito do terraço, o rapaz tentou despi-la e, não o conseguindo, esbofeteou-a. Em seguida vieram os outros, que a seguraram. Até o porteiro bateu, deixando a marca de seu anel no rosto dela. Arrancaram-lhe a saia, rebentaram-lhe o sutiã, rasgaram-lhe a gengiva a socos, morderam-lhe o seio e continuaram a espancá-la porque ainda resistia. E ela resistiu até desfalecer. Pensando que estivesse morta, decidiram simular um suicídio e, lá de cima, jogaram-na no piso da rua.

Assim morreu Aída Curi, aos dezoito anos.

Segundo a imprensa contemporânea, Ronaldo Guilherme de Souza Castro, filho de pai rico, tinha execráveis antecedentes: fora expulso do colégio, tentara vender a prima Mariza Eneider Castro a um certo "Mãozinha" por vinte mil cruzeiros, furtara jóias e dinheiro numa pensão da Lagoa Rodrigo de Freitas e um automóvel da Secretaria da Agricultura, e estivera preso no exército por indisciplina. Sobre o menor Cássio Murilo Ferreira da Silva, filho ou enteado de um coronel, divulgou-se que também tinha sido expulso do colégio e ainda invadira a casa de um vizinho para furtar uma motoneta.

O porteiro Antônio João de Souza foi absolvido e desapareceu. Cássio Murilo não foi pronunciado. Recolhido ao Serviço de Assistência ao Menor, logo o deixou para prestar serviço militar. Consta que, mais tarde, matou o vigia de um estacionamento em Teresópolis, fugiu para o exterior e só voltou após a prescrição do crime. Ronaldo Guilherme foi condenado a oito anos de prisão e cumpriu apenas uma parte. Que complacência têm os brasileiros e suas leis com a perversidade de quem se serve da inocência e ainda se julga senhor da vida.

Malandragem à inglesa

Joe Davis foi campeão mundial de snooker por quatorze anos consecutivos, de 1927 a 1940. Em condições de igualdade, isto é, sem dar pontos de vantagem, apenas uma vez foi derrotado, naturalmente por alguém que o conhecia muito bem: seu irmão Fred. Na Inglaterra, gozava de um prestígio como o de Pelé no Brasil. Sempre que aparecia em algum lugar era aplaudido, fosse num restaurante ou na sala de espera de um cinema.

Aos 75 anos, ele publicou suas memórias, *The breaks came my way*, relato generoso que não se cinge à sua inigualável carreira e, além de evocar a história de grandes jogadores contemporâneos, tanto de snooker como de bilhar, narra bem-humorados episódios que testemunhou ou de que foi protagonista.

Um deles é a célebre partida de bilhar entre o neozelandês Clark McConachy, que possuía uma técnica muito apurada no aproveitamento da bola vermelha, e o inglês Tom Reece. O Rei George V estava na platéia. Antes de dar a saída, Reece segredou ao adversário:

– Lembre-se de que o rei detesta jogadas de bola vermelha. Se eu fosse você, jogava de outro modo.

O neozelandês evitou essa jogada e mesmo assim estava ganhando. Em desespero, Reece passou a usar a bola vermelha e, a duras penas, conseguiu vencer. McConachy ficou chocado e cobrou:

— Você disse que o rei detestava jogadas de bola vermelha.

— De fato — assentiu Reece. — E acaso você não viu a cara feia que ele fazia pra mim?

Outra saborosa peripécia teve lugar no Houldsworth Hall, em Manchester, onde Davis compareceu para uma exibição de seu snooker. Ao final, quando já guardava o taco, aproximou-se um sorridente senhor, que o desafiou para uma única partida, valendo cinco libras.

Davis tinha certeza de que derrotaria facilmente um desconhecido e não aceitou a proposta, mas o outro insistiu tanto que ele acabou cedendo, um pouco por desfastio e outro tanto porque cinco libras eram um bom dinheiro, e se alguém fazia tanta questão de ver-se livre delas não era o caso de ficar empinando o nariz. O desafiante era um jogador de padrão médio. Davis lhe permitiu dar duas ou três tacadas e, em escassos minutos, limpou a mesa. Ao receber o valor da aposta, o campeão, intrigado, quis saber por que o outro estava jogando fora seu dinheiro. Ainda sorrindo, o homem respondeu:

— Não se preocupe. É que hoje de manhã, no trem, eu disse a um amigo que estava vindo a Houldsworth Hall para jogar com o grande Joe Davis. Ele não acreditou e apostamos dez libras. Em suma, você ganhou cinco e eu também.

O horror

O drama do *Titanic* é um ninho de coincidências, algumas bem conhecidas e, dir-se-iam, premonitórias. Passados tantos anos, ainda causam estupefação.

A mais afamada remete à novela *Futility*, escrita pelo norte-americano Morgan Andrew Robertson, um ex-marinheiro que se tornou autor de histórias marítimas após a leitura de uma obra de Kipling, na qual encontrou muitos atropelos à nomenclatura embarcada. Seu livro foi publicado em Nova York, por M. F. Mansfield, em 1898. Narra o afundamento de um navio britânico de passageiros no Atlântico Norte, após o choque de seu costado de estibordo com um iceberg. Como o *Titanic*. E nas dimensões, na tonelagem, na potência, nos compartimentos estanques, na insuficiência de botes salva-vidas, na maciça presença do *high life* a bordo, no número assustador de vítimas e até no mês e no horário do impacto, antecipa as circunstâncias do catástrofe de 1912. E como se não bastasse, o nome do navio era *Titan*.

Mas tem mais e é pior.

Em 22 de março de 1886, o jornalista inglês William Thomas Stead publicou na *Pall Mall Gazette* um relato de ficção que intitulou *How the mail steamer went down in mid-Atlantic, by a survivor*. Era a história de um vapor que, naufragando em seguida a uma colisão, matava a maioria dos passageiros e da tripulação, por dispor de escassos recursos de salvamento. Em nota ao final, Stead prevenia: "Isto é exatamente o que *pode* acontecer e exatamente o que *vai* acontecer se os navios demandarem ao mar sem botes suficientes".

Uma *avant-première* do horror.

Ele era um jornalista de notoriedade universal, por sua liderança em campanhas sociais que, geralmente, resultavam em mudanças na legislação inglesa e nas políticas públicas governamentais. Em 1901, seria candidato ao Prêmio Nobel da Paz, perdendo o galardão para o fundador da Cruz Vermelha, Henri Dunant, que o dividiu com o pacifista francês Frédéric Passy. Em 1912, Stead aceitou o convite de seu amigo, o presidente norte-americano William Taft, para conferenciar no Carnegie Hall em evento sobre a paz mundial, e embarcou para Nova York.

Ele morreu em 1912.

Ele morreu em abril.

Ele morreu no dia 15.

Ele morreu no mar, no naufrágio do *Titanic*, após manter-se por alguns minutos agarrado à tábua que partilhava com o magnata norte-americano John Jacob Astor, dono do Waldorf-Astoria.

A luz crua

Há três espécies de amizade: a da virtude, a do prazer e a da utilidade. É o que reputa Aristóteles em sua *Ética*, e logo esclarece: a primeira é a legítima e compreende as outras duas, que isoladamente costumam ser acidentais. Acrescenta que o amigo é capaz de amar a si mesmo, no estrito sentido de cultivar o que há de melhor e mais perfeito em sua própria personalidade. Mais ou menos o que pensa Cícero, em seu tratado sobre a amizade: ela só prospera entre homens bons.

Francis Bacon escreveu um pequeno ensaio afim e lamenta que, nas grandes cidades, possíveis amigos estejam dispersos, o que favorece, digo eu, as amizades acidentais de que fala Aristóteles e que vêm a ser, ao fim e ao cabo, outros rostos da solidão. Ou sentimentos afetados, como vocifera Schopenhauer, que nos *Aforismos para a sabedoria da vida* lhes dá menos valor do que aos abanos do rabo de um cão.

Bacon faz o elogio da amizade neste belo excerto:

Vós podeis usar salsaparrilha para tratar o fígado, bisturis de aço para abrir a vesícula biliar, flor de enxofre para os pulmões, castóreo para o cérebro. Mas não há receita que se possa aplicar ao coração a não ser um verdadeiro amigo, com o qual possais partilhar pesares, alegrias, temores, esperanças, suspeições, conselhos, e tudo quanto pese sobre o vosso coração e o oprima.

Essa afeição entre bons companheiros, ele garante, "redobra as alegrias e corta os pesares, dividindo-os em dois". O amigo não contribui tão-só com o conselho, mas sobretudo ouvindo, pois aquele que tem a mente confusa precisa ser claro ao traduzir as dificuldades de que padece, e ao enunciá-las "sob a roupagem das palavras" há de tornar-se mais sábio do que era, algo que, modernamente, relaciona-se com a psicanálise, e na antigüidade com aquilo que Temístocles teria declarado ao rei da Pérsia: "Falando, as imagens são distintas, no pensamento estão amontoadas".

Tão preciso quanto o grego, o inglês adverte que a amizade nem sempre é prazerosa. Requer do amigo a franqueza, embora possa ser corrosiva. Como no enigma de Heráclito: "A luz crua sempre é a melhor". Para Bacon, então, um dos atributos cardeais do amigo é a lealdade.

Também acho.

E como é rara.

Viajar nas férias

No livro *A expedição Kon-Tiki*, o norueguês Thor Heyerdahl reconstitui episódios de sua viagem de oito mil kilômetros pelo Pacífico, a bordo de uma frágil jangada, para provar que os povos da Polinésia são oriundos da América pré-colombiana.

Logo após a partida de Callao, Heyerdahl e seus companheiros já se emocionam com os encantos do mar. "Geralmente", ele constata, "sulcamos as ondas com máquinas roncadoras e vaivéns de êmbolos, a água a espumar à volta da proa. Depois regressamos e dizemos que não há nada para ver em alto-mar". Mas já dissera, linhas antes: "O mar encerra muitas surpresas para quem tem o chão quase ao nível da superfície oceânica e vai vogando devagar e sem fazer barulho".

Na ficção hispano-americana há uma versão caipira dessa doce observação. Num dos contos do uruguaio Juan Morosoli, "A longa viagem de prazer", Tertuliano ganha um velho caminhão numa rifa e empreende uma excursão para "conhecer o mundo", isto é, até Rocha, na fronteira com o Brasil. Leva um compadre, Aniceto. Com uma hora de estrada, Tertuliano anuncia: "Vou parar". Aniceto elogia o ritmo sereno com que trafegam e o dono do caminhão comenta: "Nunca entendi essa gente que anda ligeiro. O bom é ir devagar, descer, fumar um cigarro e ver o que ficou para trás", pois "quem está dirigindo só vê o que está na frente".

Juana de Ibarbourou compõe uma cena parecida. Na peça infantil *A opinião pública* – uma adaptação de Esopo –, Demétrio e sua filha Mirtila, em férias, preparam-se para uma visita ao Golfo de Corinto. Mirtila pergunta se irão de liteira, Demétrio a repreende: "Que é isso, bobinha? Seria a mesma coisa que embarcar num pesadelo (...). De liteira não se vê quase nada. É como olhar de uma janelinha, só se vê o que está na frente". E prefere o burro, de cujo lombo poderão apreciar as belezas da Grécia.

Parar, olhar, fruir, eis um exemplo que a todos os motoristas aproveita. Às vezes, o melhor do passeio é o trajeto. Se você estiver com pressa, tenha em mente o conselho que o Imperador Augusto, na antiga Roma, costumava dar aos comandantes de suas legiões em campanha: "Te apressa lentamente".

É assim que você deve trafegar.

E vá.

E veja.

E volte para contar tudo o que viu, pois as viagens, como garante aquele Tertuliano, "só começam depois que a gente volta".

Beijos

"Sim, te amo", diz Sugarpuss (Barbara Stanwyck) para Joe (Gary Cooper) em *Bola de fogo* (1941), "adoro tuas camisas de colarinho e punhos engomados e teu jeito de abotoar errado o paletó. És alto como uma girafa e por isso te amo. Te amo porque és do tipo que se embriaga com um copo de leite e ruboriza até as orelhas. Te amo porque nem sabes beijar". E o beija, empurrando-o contra o braço do sofá. É um dos beijos mais famosos da história do cinema.

Mas há outros.

O beijo de Tarzan (Johnny Weissmuller) em Jane Parker (Maureen O'Sullivan) em *Tarzan e sua companheira* (1934), quando o homem das selvas está aprendendo a falar.

– Bom dia – diz Tarzan à amada. – Te amo.

– Bom dia. Te amo. Nunca te esquecerás, não é?

– Te amo não esquecer.

Mas Jane quer ter certeza:

– A quem amas?

– Amar tu.

– A quem amas? – ela insiste.

– Tarzan amar Jane.

E se beijam.

E te lembras de *E o vento levou*, de 1939? O beijo de Clark Gable em Vivien Leigh: "Aqui está um soldado do Sul que te ama, Scarlet", diz Rhett Butler, "que anseia teus abraços, que deseja levar a lembrança de teus beijos para o campo de batalha".

E os beijos de Greta Garbo? Em John Gilbert em *A carne e o Diabo* (1926), no mesmo ator em *Mulher de brio* (1928), em Clark Gable em *Susan Lenox* (1931), em Ramón Navarro em *Mata Hari* (1931) e em Robert Taylor em *A dama das camélias* (1936).

Qual preferes?

Entre tantos, tenho a certeza de que preferes o teu, aquele que te inaugurou os lábios na doçura de outros lábios, aquele que fez teu sangue estuar por todos os caminhos do corpo, que fez de ti uma comoção, uma vertigem, que te adormeceu as pernas, como se as não tivesses e sim grandes asas que te remontavam a um estrelado céu que podias ver de olhos bem fechados.

Aquele beijo que despertou teu coração.

Aquele beijo que não esquecerás jamais.

Ao coração do homem

No final de abril de 1912, o naufrágio do *Titanic* ainda tantalizava a imprensa internacional. Qualquer nova informação relacionada com a tragédia merecia destaque incomum, como aquela veiculada no dia 26, uma sexta-feira, pelo *New York Times*, com a seguinte chamada:

Mr. Straus's horse dead

O cavalo Bess, pertencente a Isidor Straus, co-proprietário da loja de departamentos Macy e uma das mais afamadas vítimas do naufrágio, fora encontrado morto no estábulo. A questão não era a morte do cavalo, mas sua circunstância: dera-se na mesma madrugada em que o dono se debatia nas águas geladas no Atlântico Norte.
A grande notícia, contudo, era outra.
Segundo testemunhou um dos sobreviventes, Isidor Straus foi personagem de uma das cenas mais tocantes na plataforma do navio, quando este já se inclinava para a viagem abismal. Na amurada de bombordo, o Segundo Oficial Lightoller coordenava o embarque dos passageiros no bote nº 8, permitindo apenas o transbordo de mulheres e crianças. Aproximou-se Isidor Straus, 67, trazendo

a esposa, Rosalie, 63. Outras 24 mulheres já estavam acomodadas, ao lado de três homens, os remadores. Os primeiros sinais de pânico já se manifestavam junto aos botes restantes e em seguida começariam as tentativas de invasão, que Lightoller só conseguiria evitar empunhando a pistola engatilhada.

Enquanto o oficial se aprestava para auxiliar Rosalie, ela olhou para trás e viu o marido, que também a olhava, preocupado com sua segurança. Deu meia-volta e correu ao seu encontro. Não quis embarcar e ninguém pôde dobrá-la. *We have lived together for many years*, ela disse ao marido, *where you go, I go.*

Retrocederam ambos e sentaram-se num par de cadeiras, à espera. O que teriam dito um ao outro, de mãos dadas, os dois amantes, enquanto esperavam a grande onda que os varreria da plataforma e da vida? Que preces, que declarações, que confissões e quantas lembranças teriam fugido de seus lábios? Que gestos, que olhares, que murmúrios? E em meio a tanta indignidade, tanta covardia e todas as prepotências que se multiplicaram naquelas três horas do naufrágio, a renúncia de Rosalie se perpetuou como um hino ao coração do homem. Quando o amor é verdadeiro e é recíproco, nada o supera. Nem o medo de morrer.

A prova da espada

No conto "El autorretrato", o uruguaio Mario Arregui narra a história de um pintor que, ao retratar-se, concebe um rosto que não é exatamente o seu. É e não é. Entre um e outro interpõe-se "a simbólica espada jacente das separações". Ao final, vai-se descobrir: o pintor, misteriosamente, pintou o rosto que terá ao morrer.

Já me deparei com alusões a essa espada em inúmeras circunstâncias, a representar um impedimento fatal ao encontro de dois corpos, ou duas idéias, ou dois argumentos. Como em Hemingway. Num de seus contos, "Três dias de ventania", Nick Adams conversa sobre livros com seu amigo Bill, que pergunta se ele já leu *The forest lovers*, romance histórico de 1898, do inglês Maurice Hewllet. "É nesse livro que eles vão para cama todas as noites com a espada desembainhada entre os dois", responde Nick, e acrescenta: "Só não consigo compreender para que serve a espada. Teria de ficar com a lâmina para cima o tempo todo, pois se virasse qualquer um passaria por cima dela sem problemas".

O comentário do *alter ego* de Hemingway é quase uma zombaria, mas creio que de fato haja uma imprecisão nessa antiga história da espada como óbice. Não tenho informações precisas acerca de sua origem, mas se vem da lenda céltica de Tristão e Isolda, baseada nos 4.485 versos do chamado fragmento de Béroul e nos 3.144 do chamado fragmento Thomas, sua citação, nos termos em que a tenho visto, é um tanto postiça.

Nesse relato medieval, Tristão e a rainha Isolda ocultam-se na floresta de Morois, acuados pelo rei da Cornualha, marido de Isolda. Vivem numa cabana. Um dia, após exaurir-se na perseguição de um cervo, o fugitivo adormece com a rainha ao lado e a espada entre ambos, mera precaução contra seus inimigos. Um caçador topa com o esconderijo e alerta o rei, que de imediato acorre à floresta. Na cabana, vê Tristão e Isolda abraçados, com a espada separando os corpos, e julga que aquilo é um símbolo de que sua mulher manteve a castidade.

Mas ela não manteve, não é?

O valente Tristão, no nono capítulo, já se deitou com a amante no quarto dela, nos jardins do palácio e em todos os lugares por onde passaram na fuga. O impedimento, portanto, só existe na cabeça do rei.

Em Racine, há uma cena em que a espada quer dizer outra coisa. Teseu, ao acreditar que Hipólito assediou Fedra, grita: "Não devias então, na pressa de fugir, abandonar nas mãos dela o ferro que te acusa". Hipólito não assediou a madrasta. Como em Tristão e Isolda, *contrario sensu*, a espada é uma prova falsa.

Os primeiros automóveis

O primeiro automóvel que trafegou em Porto Alegre foi um De Dion Bouton com um único cilindro e 10HP, aqui desembarcado em 15 de abril de 1906 e pertencente ao empresário Januário Greco. A indústria automobilística ainda engatinhava e seu grande salto teria lugar em 1908, quando Henry Ford inaugurou uma linha de montagem para a produção de seu Modelo T, o chamado Tin Lizzie.

A invenção do automóvel é atribuída ao alemão Karl Benz. Em 1885, ele construiu um triciclo movido a vapor e semelhante a uma charrete, cuja roda dianteira desempregou o cavalo. Desenvolvia assombrosos 15km/h. O de quatro rodas veio um ano depois, quando o também alemão Gottlieb Daimler motorizou uma carruagem.

Dois veículos disputam a primazia de atolar nos areais tupiniquins. Um deles, importado por Santos Dumont, é de marca duvidosa. Seria um Peugeot, mas também o identificam como um Daimler inglês de patente alemã, de propulsão a vapor, com dois cilindros e 3,5HP, que pode ter pertencido – dai a confusão – ao irmão do inventor. Certo é que foi adquirido em Valentgney, perto de Paris, por 6.200 francos, e desembarcado em Santos a 25 de novembro de 1891. Em Santos, festeja-se a data.

O outro também foi trazido da França e pertencia ao célebre abolicionista José do Patrocínio, um Serpollet-Peugeot a vapor, que protagonizou o primeiro acidente de trânsito no Brasil ao espatifar-se contra uma árvore, em estrada da Tijuca. Seu desastrado condutor era o poeta Olavo Bilac. O acadêmico Magalhães Junior pôde demonstrar que tal episódio ocorreu em 1891, pois em 16 de novembro desse ano o escritor Batista Coelho o evocou no conto "O automóvel".

Na virada do século as "máquinas fantasmas" ainda eram novidade em todo o mundo, e o trânsito, claro, ainda não estava legalmente disciplinado. Uma das primeiras normas vigorou na Inglaterra: os automóveis deviam ser precedidos de um pedestre com uma bandeira vermelha. No Brasil, a regra inaugural remonta a 1903, na cidade de São Paulo, que já dispunha de seis automóveis: nos lugares estreitos ou onde houvesse acumulação de pessoas, a velocidade deveria ser a do homem a passo, e em caso algum poderia exceder a 30km/h.

Já não era sem tempo, logo o automóvel começaria a fazer vítimas. Em 1915, deu-se um episódio não menos do que fatídico: morreu atropelado nos Estados Unidos o menino Robert Spedden, de nove anos, no primeiro acidente fatal do estado do Maine. Quanta infelicidade! Morrer debaixo de uma achambonada geringonça, quando três anos antes ele sobrevivera ao naufrágio do *Titanic*.

La nena

Delmira Agustini foi uma das mais belas vozes da poesia americana na alvorada do século XX. Provocou a incontida admiração de Rubén Darío e morreu tragicamente aos 27 anos.

Delmira nasceu em 24 de outubro de 1886, em Montevidéu. Menina mimada (em família, era *La nena*), controlada pela mãe dominadora, não freqüentou a escola regular. Aos doze anos, começou a estudar piano. Aos treze, francês, e publicou seu primeiro poema na imprensa. Tão-só aos dezesseis foi autorizada a afastar-se de casa e tomar o trem para as aulas de pintura.

Uma das questões que intrigam os biógrafos é como uma jovem criada com tanto recato pôde produzir uma obra tão erotizada. Talvez por isso mesmo. *La nena* era um vulcão, e Idea Vilariño, no prefácio que fez para uma das obras dela, frisa que de algumas de suas fotos emana "uma tremenda sensualidade", e que de seu corpo e de seus olhos nos confronta uma carga de erotismo que chega a intimidar.

Nunca houve duas Delmiras, como já se propalou.

A fome de prazer a levou ao casamento, em 1913, com Enrique Job Reyes, homem menos culto cujas carícias, durante o noivado, despertaram-lhe o corpo. Em menos de dois meses, voltou à casa paterna e deu início ao divórcio. Logo Enrique lhe escreveu, ameaçando lavar com sangue a honra que lhe manchavam com certa calúnia, urdida, segundo desconfiava, pela mãe dela. Porém, no curso do processo, o casal passou a se encontrar às ocultas num quarto alugado da Rua Andes.

A 5 de julho de 1914, um mês após a homologação do divórcio, ela escreveu a Enrique: não queria mais vê-lo. Mas no dia seguinte foi ao seu encontro e ele a matou com dois tiros na cabeça, pelas costas, enquanto ela calçava os sapatos, suicidando-se em seguida.

Discute-se aquela tarde na Rua Andes há quase cem anos. As entrevistas clandestinas se explicam pelo império do sexo, mas por que Enrique a matou? Pela rejeição? Pela suposta calúnia?

Idea Vilariño lembra as visitas que uma testemunha do casamento, o escritor argentino Manuel Ugarte, fez à noiva nos meses antecedentes. Mais tarde, em carta a Ugarte cujo texto conheço na íntegra, diz Delmira que a presença dele no ato civil atormentou suas bodas e sua "absurda lua-de-mel", e que durante a cerimônia seu maior anseio era que viesse cumprimentá-la, para poder tocar-lhe a mão. Uma paixão desse quilate não passaria despercebida a um ex-marido ciumento e caluniado. E o pior, para o desatinado Enrique, era saber que, embora lhe possuísse o corpo, jamais possuiria sua alma. Não justifica. E acaso explica?

Bessie Allison

Uma das cenas mais chocantes do naufrágio do *Titanic* começa a ser representada pouco depois da uma hora da manhã de 15 de abril de 1912, quando o Primeiro Oficial Murdoch coordena o carregamento do bote salva-vidas nº 11. Diversos compartimentos de colisão estão inundados, o navio inclina-se fortemente para bombordo e para vante e já se sabe que vai afundar, que não há botes suficientes para todos e tampouco uma embarcação próxima o bastante para resgatar quem permanecer a bordo. Não há mais ilusões ou gestos de nobreza, apenas desespero e tumulto.

Partiram nove botes.

Restam onze.

Um camareiro se aproxima do bote 11, traz duas moças e as embarca. Uma dela é Alice Cleaver, de 22 anos, babá contratada pelo casal Hudson e Bessie Allison para cuidar da menina Loraine, de dois anos, e do pequeno Hudson, de apenas nove meses. Alice, ao tomar o bote, leva o bebê sem avisar os pais.

1h30min, Murdoch grita: "Lançar!"

O bote é arriado e parte.

A banda toca no convés dos botes, que dispõe de poucas luzes e onde a visibilidade não ultrapassa dez metros.

Os passageiros da terceira classe, cujo acesso à plataforma foi impedido, forçam a porta da escadaria. Os homens portam punhais, facas, bastões, e lutam com a tripulação para abrir caminho. Alguns são mortos a tiros.

O capitão é visto a caminhar sem rumo, aparentemente em estado de choque, pois ignora o que acontece ao redor. Também são vistos Bessie Allison, com Loraine ao colo, e seu marido, que percorrem freneticamente os conveses superiores, à procura de Alice Cleaver. Em seguida partirão outros botes, mas Bessie se nega a embarcar. Como poderá fazê-lo, se pensa que o filho ainda se encontra no navio?

Partem os botes 14, 13, 15, 16, parte o dobrável C, e Bessie ainda corre de um lado para outro.

E chora.

E chama.

E os botes continuam partindo: o 2, o 4, o D.

A última notícia do casal e da menina, já nos minutos que antecedem o apagar das luzes do navio e o monstruoso epílogo, é a de que eles estariam abraçados na vizinhança da popa, a menina agarrada às pernas da mãe. O bebê, no bote 11, estava a menos de quatrocentos metros de distância.

A idade da inveja

Argéias, o Lício, aluno de Epicuro em Atenas, legou à posteridade uma apologia dos encantos naturais, e um deles era a voz humana ao proferir belas palavras. Os pósteros, negligenciando o legado, não o preservaram, e a notícia de sua existência provém de um registro romano ora atribuído ao epicurista Lucrécio Caro, ora ao estóico Marco Aurélio.

Lê-se nessa nota que Argéias, como Longino, considerava a récita homérica da Batalha dos Deuses um capítulo exponencial na história da voz do homem. E lê-se também um reles mexerico: que segundo Argéias, tinha razão Empédocles em sua ojeriza a Platão, pois este invejava o prestígio de Homero entre os gregos e pretendia desmoralizá-lo.

Se de fato proferidos, tais "encantos naturais" demandam reparos. Na obra de Empédocles, nada consta sobre Platão nem o poderia: o campeão da Teoria das Idéias nasceu dois anos depois que o tresloucado siciliano saltou para a morte na cratera de um vulcão.

E Platão, afinal, jamais desmereceu Homero.

Verdade que em *A república*, na voz de Sócrates, faz restrições à *Ilíada*, nos versos em que o autor prefigura o mundo dos mortos. Reprova alusões à fraqueza de homens célebres, sobretudo Aquiles, que chora por Pátroclo, e Príamo, que chora por Heitor, ou de deuses, sobretudo Zeus, que chora por Sarpédon, e Tétis, mãe extremosa, que em seu zelo por Aquiles só se expõe ao proscênio debulhada em lágrimas. Ainda com locução de Sócrates, censura uma cena em que a corja olímpica se diverte com a deficiência de Hefaísto, e reputa lamentáveis os insultos com que Aquiles brinda seu superior, Agamênon.

Ao respigar esses modelos, contudo, não lhes empana a gálea cintilante. Suas preocupações são políticas, são morais, e as justifica:

Rogaremos a Homero e a outros poetas que não se enfadem se riscarmos estas e semelhantes passagens, não por reputá-las prosaicas ou desagradáveis para os ouvidos do povo, mas na convicção de que, quanto maior seu encanto poético, menos devem escutá-las meninos e adultos que se destinam a ser livres e a temer mais a escravidão do que a morte.

Ressalva, já se vê, a estética do cantor, e ainda faz questão de salientar, adiante, o amor que lhe consagra.

Certos escoliastas suspeitam de que o Platão de Argéias seja uma invenção romana no princípio da era e, assim, um dos avoengos da inveja moderna no meio literário, pois os donos do mundo, não tendo um Homero, tinham de se contentar com um Virgílio.

No tempo do mil-réis

Vasculhando a gaveta das antiqualhas encontro duas plaquetas publicadas em Alegrete há quase um século. A primeira traz a Lei 197, de 31 de dezembro de 1925, que orça a receita e fixa a despesa no município. A segunda é o Ato 187, de 2 de março de 1926, expedido pelo intendente, que dá instruções para a execução da lei do orçamento. Aquele intendente chamava-se Oswaldo Aranha.

Não sei ao certo como essas lembranças do pago vieram dar na minha gaveta. Imagino que me foram presenteadas por algum familiar, pois pertenceram a meu avô. Nas capas, há uma anotação: "Ao sr. Brás Faraco". Só não sei se chegaram às mãos dele como homenagem ou intimação. Nos termos da dita lei, a Alfaiataria Brás Faraco deveria recolher 250 mil-réis de imposto no exercício entrante.

E assim outros negócios da época: armazéns de gêneros coloniais, escritórios de operações bancárias, casas de pasto, charqueadas, tavernas, mercadinhos e por aí afora. A receita orçamentária também previa a facada em ferreiros, carpinteiros, mecânicos, seleiros, funileiros, tamanqueiros e encadernadores, num rol de ofícios que hoje quase não existem mais. O minucioso rigor do fisco parecia ter altos fins: de uma Receita Ordinária de 746 contos de réis, quase cinqüenta por cento seriam gastos em 1926 nas rubricas Instrução Pública e Melhoramentos Materiais.

Com um pouco de imaginação pode-se ler a Lei 197 como quem revê um filme antigo, e ultrapassadas as cenas em que o mil-réis é o ator principal, tem-se ainda o edificante episódio das Disposições Transitórias, onde o artigo 4º autorizava o intendente a cravar dez por cento de multa nos impostos do contribuinte em cuja propriedade fosse encontrada uma criança sem escola. Já o ato 187 era tão vigilante que sapecava uma multa no coveiro. Outro encanto das plaquetas é a linguagem ainda não saturada pelos estrangeirismos e tecnicismos da modernidade. Em certos momentos, lembra os relatórios do prefeito de Palmeira dos Índios ao governador de Alagoas, nos anos 1929-30. Aquele prefeito chamava-se Graciliano Ramos.

No Alegrete da Livraria Parahiba, da Casa Recurso dos Pobres, do Colégio Alphomega, da Relojoaria Omega e do Cinema Ipiranga, era o tempo das vitrolas *ortophonicas*, da pasta de dente Oriental, das camisas de *zephir*, do tônico Iracema, do sabão Sapindo e da famosa pomada Midy para hemorróidas, mas se o problema era tosse, Bromil, e o xarope Roche para as *bronchites* e os *catarrhos* mais rebeldes. Bons tempos, os de 1926. Nos anos seguintes a vida mudou no mundo todo, com a quebra da bolsa de Nova York e a ascensão do nazifascismo, e no Brasil com a crise do café e outra revolução. Em Alegrete, mudou menos.

Uma vida de superação

Richard Norris Williams nasceu em Genebra, em 29 de janeiro de 1891, filho do advogado Charles Williams, que trabalhava na Suíça. Em 1912, o pai decidiu regressar aos Estados Unidos, e Richard, que era tenista, acompanhou-o, no intuito de freqüentar a Universidade de Harvard e participar de competições norte-americanas.

Embarcaram no *Titanic* em Cherbourg. Na noite do naufrágio, não conseguiram lugar nos botes salva-vidas, tampouco usaram de violência ou solércia na tentativa de ocupá-los, como outros. Quando a proa submergiu e o mar varreu a plataforma, arrastando os dois últimos botes dobráveis, o pai entregou ao filho um frasco de bebida alcoólica e ambos se lançaram à água gelada.

A inclinação do navio fez com que tombasse a primeira das quatro chaminés, matando diversas pessoas, inclusive o pai de Richard. O jovem tenista quase foi atingido e a onda resultante o arremessou para longe. Ele recomeçou a nadar e avistou uma sombra à frente: era um dos botes à deriva, o Dobrável A, já alcançado por mais de duas dezenas de pessoas. A lona das laterais não fora armada, reduzindo o bote ao seu fundo chato meio submerso. Os náufragos traziam água e gelo até a cintura. Nas horas seguintes morreriam onze.

Todos os sobreviventes foram resgatados pelo vapor *Carpathia*. Os do Dobrável A tinham sido terrivelmente afetados pela hipotermia. O médico do navio, examinando as enregeladas e aparentemente mortas pernas de Richard, recomendou a imediata amputação, na época um procedimento comum para tais e graves casos. Ele se opôs.

Nos dias seguintes, exercitando-se intensamente, recomeçou a andar, meses depois retornou ao tênis. O médico que desejava cortar suas pernas há de ter feito um reexame de sua medicina: Dick Williams, como passou a ser conhecido, veio a ser um extraordinário atleta, vencedor de grandes torneios, como o de Wimbledon (1920, duplas), e medalhista de ouro na Olimpíada de Paris (1924, duplas mistas). Durante treze anos participou da equipe norte-americana na Taça Davis e, durante sete, foi inscrito no ranking dos dez melhores tenistas do mundo.

Quando os Estados Unidos declararam guerra à Alemanha, em 1917, ele se apresentou como voluntário, servindo na França com tamanha bravura que o governo francês o condecorou com a *Croix de Guerre* e lhe outorgou o título de *Chevalier de la Légion d'Honneur*.

Dick Williams morreu em 2 de junho de 1968, aos 77 anos. Um de seus netos conserva o frasco de bebida que ele recebeu do pai e o aqueceu na álgida noite sem lua do Atlântico Norte.

QUINTANA E EU

1967: uma entrevista inédita

Fiz esta entrevista com Mario Quintana ao tempo em que eu era secretário da revista *Ibirapuitã*, de Alegrete, cujo diretor era o poeta Antônio Milano. Que me lembre, não chegou a ser publicada em lugar algum. As perguntas foram feitas, logo se vê, por um moço de 27 anos. As respostas manuscritas, por seu lado, mostram um Quintana respondendo com mais seriedade do que usualmente o fazia.

Em recente entrevista, Gilberto Mendonça Teles, dizendo louvar-se em tuas próprias palavras, comentou que Augusto Meyer foi um dos teus mestres. Mestre em que termos? Que importância teve a literatura dele para a tua?

Augusto Meyer, pela sua formação humanística, pelo seu domínio direto de três literaturas, a francesa, a inglesa, a alemã, pelo seu dom poético, pela sua cultura, foi, segundo a opinião insuspeita de Rachel de Queiroz, o mais completo intelectual de nossa geração. Por isso nós todos, inclusive eu, sempre o consideramos um *mestre.*

Escreveste um soneto que começa assim: "Eu nada entendo da questão social". Alguns leitores o interpretaram como uma manifestação de desinteresse pelos problemas de nosso tempo. Qual é a versão em prosa do soneto?

Nunca se pode dizer uma coisa melhor em prosa do que em verso. Os leitores, pelo visto, fazem alto no fim da linha, ignorando o resto.

Certos ensaístas falam em poetas "maiores" ou "menores", de acordo com méritos que eles mesmos avaliam. Estás de acordo?

Um poeta, para mim, não é maior nem menor, nem grande nem pequeno. Só há duas alternativas: ou ele é poeta ou não é poeta.

No início de tua trajetória, aparentemente tinhas grande apreço pela métrica. Mais tarde, deixaste de lado o soneto e dado gênero de canções que pendiam para uma concepção clássica da poesia. Hoje, teu verso é livre (segundo Eliot, verso algum é livre para quem deseja fazer um bom trabalho). Essa mudança, se é que houve, tem algo a ver com os efeitos do modernismo?

Me lembro (nota que não estou escrevendo clássico) que lá por volta de 1927 eu já fazia versos intimistas, em tom coloquial, tipo "recados de poesia". Todo poeta consciente sabe que não há nada mais difícil do que um verso aparentemente fácil. Um soneto já traz a sua musiquinha na barriga. Mas, para fazer um poema em verso livre é preciso criar para cada um deles uma "arte poética", é preciso equi-

librar os versos, senão o poema desaba. Os versos que mais trabalho me deram foram os versos livres de O aprendiz de feiticeiro. *São, por outro lado, nada cartesianos. Obedecem a associaçoes de imagens (e não associações de idéias).* O aprendiz *é a minha obra predileta de Augusto Meyer, a quem aliás a dediquei, e de Carlos Drummond, que lhe dedicou um poema: "Quintana's Bar". Mas a libertação do verso não quer dizer a libertação do poeta. Ele tem de lutar sempre com a forma, como Jacob com o Anjo. "Eu não te largarei até que me abençoes", diz aquele a este. Quanto ao soneto, está incluso na liberdade de expressão. Por quê, para quê, como alijá-lo? Se estreei com um livro de sonetos (*A rua dos cataventos*) foi exatamente por este motivo. Ele andava tão desmoralizado... De modo que ambiciosamente tentei, em* A rua dos cataventos, *"fazer sonetos que fossem poemas". Não houve, na sucessão de meus livros, uma evolução, como alguns críticos julgam, levados pela cronologia da sua publicação. Nunca evoluí: sempre fui eu mesmo.*

1984: um beijo antes do sono

Na Rua da Praia, depois de muitos meses, reencontro o poeta. Traz a bolsa plástica pendurada no braço, como sempre, mas deixou a boina em casa. Estranha que eu esteja sem barba, pergunta pelas minhas meninas e aproveito para lembrar que tenho um Bruno que ele ainda não conhece. Caminhamos. Quero saber como vão as coisas, ele se queixa do fechamento do jornal, mas está satisfeito com a página que publica em *Istoé*, "aos 78 anos me sinto recomeçando". Eu já sabia, todo mundo sabe, mas ele faz questão de contar que está morando no Hotel Royal, o hotel do Falcão, e conversou com o grande jogador sobre a hospedagem. "Não quero que o senhor morra nunca", disse Falcão, "mas se um dia tiver de morrer, vai ser no meu hotel".

Um cafezinho, convido. Ele sugere a Lancheria Cacique. Peço o café, ele uma mineral gelada. Está com tosse e alega que a água fria, sorvida em pequenos goles, compõe a garganta.

Caminhamos de volta, pergunto aonde vai. Vou ao jornal. Ao jornal? Mas não há ninguém lá... Ele encolhe os ombros, é por isso mesmo. E ri. Conta que num dia incomum de outubro, mais de trinta graus, atravessou a

Praça da Alfândega banhado em suor. Entrou na redação, ligou o ar-condicionado e sentou-se à antiga mesa. Dormiu mais de duas horas. Ao desligar o aparelho deu com o guarda, o senhor por aqui, seu Mário. Disse que sim, era ele mesmo e que estando sem receber seu ordenado viera sestear na fresca para descontar os juros. O guarda ficou olhando.

Quatro horas. Ele conta outra história e ri de novo, me bate no ombro, me puxa do braço. Os garis estão limpando a calçada e um negrinho se aproxima com sua diligente vassoura, quase nos varre. Ergue a cabeça, irritado, olha para o poeta e visivelmente o reconhece, quem não o reconhece? O senhor... o senhor não é o... e gagueja, falta-lhe a palavra... o senhor não é o... Às vezes, diz Quintana, e acrescenta: quase sempre. E pode varrer meus pés que não quero me casar.

Vou embora, major, digo eu, me telefona. Vou telefonar, promete. Nos despedimos, beijo-o e agora sou eu a agarrá-lo pelo braço. Olha, minto, estou relendo aquele Robert Scheckley que me deste. Ah, faz ele, que livro maravilhoso. *Inalterado por mãos humanas.* Diz que em troca vai reler o Fausto Cunha que lhe dei na mesma época. *O beijo depois do sono.* Eu? Fui eu? Foi, diz ele, e se encaminha para a porta do jornal. Quatro e pico, vai sestear novamente. Me encosto numa parede, ele vai longe. Tiau, major, eu grito. Sem virar-se, ele ergue o braço com a sacola enfiada, abana. Dou meia-volta e sigo pela Rua da Praia, cabisbaixo, cercado pela multidão de seus (meus) fantasmas.

1985: visita ao acidentado

Já fui atropelado por um automóvel. Atropelamento comum. Um poeta como ele não sofreria um acidente igual ao de qualquer plebeu: foi atropelado por um carro em marcha a ré. E teve fraturas. Fui visitá-lo no Hospital São Lucas. Quando entrei no quarto, fez um "ah".

– Qual é o problema – perguntei.
– Tua roupa...
– Minha roupa? – e me olhei, calça e camisa brancas.
– Pensei que a enfermeira tinha criado barba.

Felicitei-me por encontrá-lo bem-humorado, pois quando estava contrariado era um chato. Mencionei o acidente. E aí, major, quer dizer que foi de marcha a ré? Não me ouviu, ou fez que não, e quando falou o assunto era outro, como se fosse a continuação de algo já falado.

– Ela telefonou.

Ela? Uma de suas musas, claro. Qual delas? Greta Garbo já não usava o telefone. A fotógrafa Dulce Helfer? Não, ela não telefonaria, haveria de apresentar-se ao vivo. Eu já sabia, mas quis ser cruel.

– Ela quem?
– Ela – persistiu.

— Bah, ligou mesmo? No duro?

— Ligou. Está no interior da Bahia, filmando*, e foi à cidade telefonar. Comentei que me puseram uma placa de metal e sabe o que ela disse? – e ri. – Ela disse que, agora sim, sou um poeta de valor.

— Que mais ela falou? – rindo também.

— Que teve de aprender a dar tiro de revólver para fazer o papel e agora é uma mulher perigosa.

— Bah.

Ele me olhou, subitamente desconfiado.

— Bah de novo? Bah o quê?

— Nada, bah, só isso.

Calou-se, remexeu-se com dificuldade na cama.

— E aí, não se disseram mais nada?

Olhou-me de novo, a conferir meu sincero interesse.

— Eu que disse. Que ela sempre foi uma mulher perigosa.

Esperei uns minutos e, como nada mais falou, pensei que não queria mais conversa e me levantei.

— Vou indo. Tiau, major.

Não me respondeu e olhava para longe, para o mesmo céu que azulejava na Bahia, talvez sonhando com alguém mais interessante do que a enfermeira barbuda.

---

* Bruna Lombardi.

1986: a imagem perdida

Precisando falar com o poeta, fui até o Hotel Royal, na Rua Marechal Floriano. Era um assunto meteórico e, como havia muitos automóveis estacionados ao longo da quadra, deixei o meu em fila dupla.

Quintana estava deitado de bruços na cama, olhando um caderno. Quando me viu, sentou-se:

– Terminei o soneto!

Soneto? Que soneto?

– O da folha seca.

Continuei sem entender. Ele custou, mas sempre percebeu que, se conversara a respeito com alguém, fora com outra pessoa.

Era uma história pitoresca.

Em anos mais recuados, suponho que na década de 50, ele tinha escrito um soneto cujo primeiro verso trazia uma comparação: "Como folha seca..." Lera-o para Cecília Meireles e ela fizera uma graça: "Comes folhas secas? Ah, não, vai fazer aquele barulhinho, rac-rac-rac". Aborrecido, ele resolvera mudar o começo e acabara cortando outras coisas. Sobreviveram apenas os dois quartetos.

Agora, era 1986, era abril. No mês anterior, morrera-lhe um grande amigo. Tão pesada lhe fora essa morte que a assumira como se fosse a sua e, no sofrimento da própria imagem perdida, retomara o soneto inacabado, escrevendo os tercetos.

Leu-o em voz alta, era lindo e me emocionei.

– Queres uma cópia?

Sim, eu queria, mas... imagina, ele ia copiar a mão! Aquilo ia demorar. Não, agora não, eu disse, estou com o carro mal-estacionado. Tratei do que me levara até lá e fui embora. Logo me arrependi. Que me importavam multas ou carros guinchados, se em meu bolso estivesse um poema manuscrito de Quintana? Em casa, telefonei para o hotel. Tive de falar com a secretária, ele ouvia muito mal ao telefone.

– Pede que faça a cópia, vou buscar – e enfatizei: – Quero esse soneto, entendeste?

Ele não copiou. Pensei que estivesse zangado com minha pressa, e em encontros posteriores não reclamei. No ano seguinte, compreendi o que ocorrera. A secretária dera o recado errado e a prova estava na página 133 do livro *Preparativos de viagem*: o soneto da folha seca a mim dedicado.

Foi desse modo que, sem querer, apossei-me de um sentimento poético que, na verdade, homenageava outro amigo. Quem tiver o livro deve fazer a correção. Onde se lê Sergio Faraco, leia-se Josué Guimarães.

1988: o poeta do Clube Jangadeiros

Minha camaradagem com Mario Quintana sempre foi marcada por longos intervalos, seguidos de temporadas em que nos víamos com uma freqüência de noivos. Eu tinha o privilégio de ser considerado pelo poeta um de seus "chatos prediletos".

No verão de 88, todas as sextas-feiras eu ia buscá-lo no Porto Alegre Residence Hotel para um passeio de automóvel e costumávamos ir ao Restaurante Camaleão, em Ipanema, por causa dos pasteizinhos de camarão, que ele devorava sem dispensar sua marca registrada, a indefectível taça de café preto.

Às vezes nos acompanhava um amigo. Em certa sexta, deu-nos o prazer de sua jovial *finesse* o poeta Armindo Trevisan. Em outra, tivemos uma tarde linda com a cantora Marlene Pastro, que até cantou para nós na mansa tarde à beira do Guaíba.

Num desses passeios, visitamos a ilha do Clube Jangadeiros, na Tristeza. Um dia caloroso e Quintana com seu melhor humor. A meninada, como sempre, veio cercá-lo, fascinada, e uma vovó interrompeu nossa conversa para beijar-lhe as mãos.

– Não faça isso, não sou o Papa – ele reclamou, acrescentando em voz baixa: – Sou o Papão.

Ele estava justamente a comentar que, depois dos 80, sua memória passara a recobrar o passado distante, até poesias que decorara quando menino, no tempo em que ainda acreditava naquele bicho comedor de gente. E entre crianças da mesma idade que lembrava, disse poemas de Olegário Mariano, Júlio Dantas e Alberto de Oliveira.

Entardecia.

A miuçalha voltara à piscina.

Estávamos em silêncio.

Nossa mesa era a mais afastada dos banhistas e dali, pachorrentos, contemplávamos seus saltos e evoluções. Então uma garota saiu da piscina, secou-se e pôs-se a caminhar em nossa direção. Era uma loura bronzeada cujo corpo, decerto, fora recortado por um deus em êxtase – uma Afrodite que nascia da água, em trajes de alta precisão.

– Finalmente – suspirou o poeta.

– Finalmente? – estranhei.

E ele, ao meu ouvido:

– Até agora, na minha rede, tinha dado só peixinho.

Vai ver que era mesmo o Papão e a gente é que não sabia.

1989: o ferreiro e a forja

Sábado. Dia em que, à tarde, vou jogar sinuca com o escultor Xico Stockinger, o fotógrafo Flávio Del Mese e o pintor Nelson Jungbluth. É cedo, quem sabe faço uma visita ao poeta, que não vejo há semanas?

Encontro-o sentado à beira da cama, bem-humorado, mas se queixa da sonda vesical e da bolsa coletora presa ao flanco. Conversamos, isto é, ele fala, eu escuto. Não ouve ou finge não ouvir quando a voz não é a dele. Mostra uma pasta, o livro que está preparando para a Editora Tchê, a pedido de Sergio Napp. Quer saber o que penso do título: *Um dia o cavalo vai voltar sozinho**. Não espera a resposta e muda de assunto:

– Em quem vais votar pra presidente?

Digo que talvez nem vote, meu título continua em Alegrete.

– Eu vou votar – garante. – No Brizola.

Na sua idade não precisaria, mas quer fazê-lo, como o cunhado Átila, que aos 99, em cadeira de rodas, foi votar para prefeito em Alegrete. Mas quer votar tão-só na eleição presidencial, em outras nem pensar.

---

* O livro foi publicado com outro título, *Velório sem defunto*, e por outro editor.

– E o plebiscito? – pergunto. – Não vais apoiar D. Pedro?

Ah, o plebiscito, claro, tinha esquecido, e lembra também que sempre foi a favor da monarquia.

– Isabel, traz a foto do rei!

Vem a moça com um painel de fotografias. Comento que sua nova auxiliar tem nome de princesas e rainhas, não me escuta e aponta uma das fotos. Lá está ele a caçoar de alguma coisa e D. Pedro rindo.

– O secretário telefonou, perguntando se a visita podia ser às cinco. Ora, rei não pede, manda.

Conheço o painel. Há uma foto do poeta entre José Sarney e Ulysses Guimarães. Há fotos de Bruna Lombardi e Dulce Helfer, e numa outra ele comparece em não menos bela companhia: Paulo Mendes Campos, Fausto Cunha, Nélida Piñon, Lara de Lemos e Lygia Fagundes Telles. Noutra ainda, um grupo que inclui Augusto Meyer, Athos Damasceno e Moysés Vellinho.

Observo que conheci pessoalmente os dois últimos. Moysés na casa de meu tio, o médico Eduardo Faraco – uma noite dos anos 60 em que, assombrado, vi o autor de *Capitania d'El-Rei* despir-se de sua britânica fleuma para defender com fúria os procedimentos da ditadura militar. Damasceno, fui visitá-lo no apartamento na Praça do Portão. Já portador do mal que o mataria, conservava a proverbial elegância no trajar e a verve que lhe fez a fama de conversador espirituoso.

O poeta não presta a mínima atenção e me interrompe para contar uma anedota: moços ainda, ele e

Damasceno moravam na Rua Duque e cada qual se considerava o melhor poeta da rua. Um dia reconheceu que o título pertencia ao rival. Quando Damasceno agradeceu e pôs-se a exaltar sua probidade, atalhou: "Acabo de me mudar para a Riachuelo". Dá uma gargalhada e eu quieto. Não simpatizo com suas piadas repetidas. Uma que outra, vá lá, mas a todo instante é dose. Ele arma a carranca e, como para apagar o pequeno fracasso, grita para o corredor:

— Isabel, traz mais café!

E logo um comentário baixo, ressentido, sinal de que não apagou coisa alguma: "O homem que não ri..."

— Tu também não... quando a piada é alheia.

Finge espanto e trato de lembrá-lo. Meu sogro, o poeta Antônio Milano, certa vez o saudou assim: "Mario, filho do excelso Quintana!" Ele reagiu: "Meu pai não era excelso, era um humilde boticário". E Milano, implacável: "Não se chamava Celso? E não morreu? Então é ex-Celso".

— Ficaste de mal com ele.

Fecha a cara outra vez, mas não retruca. Estará pensando no pai e essa lembrança acende outras lembranças, que começa a desfiar com estranha saudade: um misto de afeto e zombaria. Conta que sua mãe perdeu vários filhos, uns logo após o nascimento, outros durante a gravidez, e estes, então, "morreram nadando". Agora acho graça, ele também.

— É de família — digo.

— Por quê? — na defensiva.

— Teu bisavô não morreu nadando?

Ah, é, morreu, e acrescenta:

— Holandês que se preza deve morrer no mar.

Mario de Miranda Quintana, que nunca foi Miranda. Seu bisavô, o holandês Ryter, fazia contrabando de armas durante as guerras de independência do Prata e naufragou no litoral do Rio de Janeiro. Morreu nadando. Mulheres e crianças se salvaram, inclusive sua bisavó, que estava grávida. No Rio, foi acolhida por um português, Miranda, passando a viver com ele. O filho de Ryter (e futuro avô materno do poeta), ao concluir seus estudos acadêmicos, adotou o nome do padrasto.

Já está na hora em que meus parceiros se reúnem. Antes de me despedir, faço a pergunta que os escritores costumam fazer uns aos outros:

— Tens escrito?

Alcança-me um caderninho, preenchido com letra irregular, quase ilegível. As páginas estão numeradas, em seqüência a outros cadernos, e já passam de seiscentas. Como produz tanto, se mal pode mover-se? Pergunto onde está escrevendo. Na cama? Sim, na cama. Recolhe as pernas com dificuldade e vai gemendo e suspirando até recostar-se na cabeceira.

— Me dá aquela pasta.

Coloca-a sobre as ossudas coxas e me olha, um olhar doce que, paradoxalmente, parece ter lampejos de demônio.

— Escrevo assim.

Sinto um frêmito, estou vendo o ferreiro em sua forja. Sem os gracejos reprisados, sem as habituais tolices, sem o riso metálico e forçado. Não, não sei se é isso. É alguma coisa que não identifico e me arrebata. Magrinho, sem dentes, com aqueles pulmões que a gente sabe, uma sonda na bexiga e sentadinho, com a pasta nas pernas... Quero fixar essa imagem, quero explicá-la, quero traduzi-la e não consigo. Xico, me empresta teu cinzel. Flávio, tua câmara fotográfica. Nelson, teu pincel. E o vejo fechar os olhos e me levanto sem fazer ruído, vou embora antes que os abra, antes que veja nos meus como estou comovido.

1994: sem perdão

O cigarro, que me acompanha no bolso da camisa há mais de meio século, é responsável por certos fardos morais que carrego – isso, claro, sem contar os pulmonares.

Quando o estado de Mario Quintana se agravou, no Hospital Moinhos de Vento, sua sobrinha Elena me telefonou e para lá me dirigi à toda pressa. O poeta, na UTI, estava sob um lençol que o cobria da cintura para baixo, e seu peito magérrimo subia e descia dramaticamente, no ritmo imposto pelo respirador artificial. Ele ainda ouve, disse Elena, fala com ele. Chamei-o. E como não se movesse nem desse sinal algum de que ouvira, insisti, quase a gritar, para que ao menos olhasse para trás na caminhada que encetava naquela senda obscura e visse que eu estava ali, segurando-lhe a mão. Mas ele não reagia e o único som que se escutava era o de sua respiração forçada. Quanto tempo se passou? Muito, talvez, ou pouco, que a angústia se encarregou de alongar, e eu disse a Elena que ia sair para fumar e já voltava.

Minutos depois, nos jardins do hospital, um repórter com um gravador me perguntou se eu podia dizer algo sobre Quintana. Indignado com aquilo que entendi como pressa de matar o poeta, respondi com uma grosseria. O jornalista manteve a calma: talvez eu não soubesse, mas Quintana acabava de morrer. Era verdade. Ele morrera justamente enquanto eu estivera a preitejar meu vício. Que vergonha! Lancei fora os cigarros que me restavam e jurei – palavra de honra – que nunca mais fumaria.

Ao entardecer, conduziram-no ao morgue do hospital. E lá estava eu ao seu lado e de Elena. Sem fumar. Pouco depois, veio vê-lo o ex-presidente José Sarney, que estava em Porto Alegre. E eu continuava lá, sentado num banquinho, a desfiar minhas lembranças. E olhava o amigo morto, vestido com um terninho apertado, o colarinho abotoado no primeiro botão e sem gravata, e me perguntava por que, afinal, não o teriam calçado com sapatos. Ao mesmo tempo, recordava-me de algo que ele escrevera: que a morte é uma libertação, pois, na morte, a gente pode ficar deitada sem tirar os sapatos. Vai ver que ele se sentia mais livre ainda: estava deitado de sandálias.

Quintana foi velado num salão da Assembléia Legislativa. De manhã, sobre um caminhão dos bombeiros, seu corpo desfilou pelas ruas centrais de Porto Alegre, e os populares nas calçadas, comovidos, despediam-se com palmas daquele que foi um dos grandes poetas brasileiros de todos os tempos. Meus filhos viam o cortejo pela tevê. De repente, a câmera focalizou a calçada e me surpreendeu a seguir o caminhão e levando um sorvete à boca. Eles acharam graça. Não podiam saber, claro, que o sorvete era parte de meu esforço para cumprir o juramento e me redimir de uma falta que, a rigor, era e é irredimível.

Velhas cartas do velho poeta

As cartas que Quintana me enviou remontam a um período relativamente curto de nossa amizade, ou, dir-se-ia, ao período em que éramos menos amigos e cujo termo inicial foi uma crítica injusta que lhe fiz. Não poderia ser um bom começo, mas foi, tanto que nos anos 80 já não há cartas: é que passamos a nos ver quase diariamente, na redação do *Correio do Povo*. As cartas, todas manuscritas, são transcritas na íntegra e seguidas de pequenas notas de esclarecimento.

Porto Alegre 25 de agosto de 1967

Sergio Faraco:

Li ontem, na Gazeta de 19, tua nota em que foste muito justo com o Walmir Ayala, mas mal-informado a meu respeito. NÃO ME RECUSEI A COMPARECER. A cerimônia foi simplesmente adiada para setembro, como poderão informar-te a sra. Judith Melgarejo, Secretária de Cultura e Assistência Social, o dr. Ruy Silveira, presidente do Legislativo Municipal, e o próprio Prefeito. Se o dr. Ruy te mostrasse uma carta que lhe escrevi, seria ótimo. Mas creio que, a esta altura, já tudo deve estar esclarecido por essas bandas.

Estimo, aguardo, espero e quero que o autor de Quem conta um conto continue, como aquela sua personagem, a "andar por aí, nessa terra de nunca acabar, contando". Foi aliás o que pedi ao Acácio (P. F. Gastal), que inserisse na sua seção LIVROS, do Correio do Povo. É ele o encarregado do registro de livros remetidos. Até setembro. E o abraço do

Mario Quintana

O jornal é a *Gazeta de Alegrete*, onde eu mantinha uma coluna e comentei que Quintana se recusara a comparecer à inauguração de um monumento em sua homenagem, na praça central da cidade. Ao final, ele cita plaqueta dos Cadernos do Extremo Sul, coleção de publicações criada em Alegrete, em março de 1953, pelo poeta Hélio Ricciardi, que a partir de 1966 passou a contar com minha ajuda.

Porto Alegre 31 de agosto de 1967
Meu caro Sergio:
Tua pergunta: tens auxiliado ou não? Minha resposta: mas Sergio, uma das minhas mágoas era não me mandarem os Cadernos. Os poemas do Assiz do Vale, só soube da existência dele por intermédio do Ovídio Chaves. Se não cito meus Inéditos e esparsos é porque os acho muito ruins, com poucas exceções, aproveitadas ou a aproveitar em livros posteriores. Pelo mesmo motivo não costumo citar O batalhão das letras, livreco infantil ilustrado pelo Koetz, quando o Koetz ainda não era o Koetz e eu não estava nada eu. Nós dois ficamos horrorizados quando alguém diz que o conhece. Outra coisa: quando em 53 entrei para o Correio do Povo era para fazer com o Reverbel a página literária. Entrei nisso mais como testa-de-ferro mas acabei cabeça-de-turco, pois os autores dos piores poemas deste e do outro mundo achavam que eu não lhes abria espaço para dar lugar aos meus. Se eu publicava e publico poemas no H é porque tenho grande dificuldade de escrever em prosa, e lá vão poemas, alguns em cuecas ainda, outros já com o vestuário adequado, ou escondidos atrás de um biombo de prosa – como acontecera na extinta Província de São Pedro, de onde retirei e melhorei o material para o Sapato florido. Mas o que eu estava dizendo é que, na minha qualidade de autor militante, fiquei, com alívio meu, eximido de quaisquer responsabilidades na organização da página literária e, com tanto maior razão, de fazer crítica, para a qual nunca me julguei com autoridade. Mas não há quem fique mais con-

tente ao ver uma bela poesia de um poeta desconhecido: é como arranjar uma namorada nova. Cartas, sim, tenho-as escrito. Na última que escrevi ao Hélio e que não sei se ele recebeu porque a endereci para a Gazeta, dizia-lhe eu: "No mesmo correio vai uma carta para o Sergio". Não chegou a ir, porque eu queria ler mais atentamente teu livro, que eu lera quase em diagonal, para te dizer melhor e mais fundo da minha impressão, quando alguém teve a idéia de me mostrar a Gazeta de 19 de agosto. Azar meu e teu. Qualquer manifestação minha depois daquilo pareceria suspeita, capciosa, política. Bem, espero que não me hajas incompatibilizado muito com a Sra. Dona Opinião Pública, pois conforme ficara combinado estarei em Alegrete, se Deus quiser, para o que der e vier, nas minhas férias regulamentares, em fins de setembro. Esclareço-te que não te quero mal nenhum: apenas julguei que estavas mal-informado e por isso te escrevi. Aliás, achei gozadíssima aquela tua frase de que só me lembrei de Alegrete para nascer. Uma boa frase acaba com qualquer desentendimento. A propósito de frases, e como já disse em carta ao Hélio, a única coisa minha que eu julgo digna de ser gravada em bronze é exatamente isso: UM ENGANO EM BRONZE É UM ENGANO ETERNO... Quanto ao livro que não mandei (e o farei oportunamente) ao velho Peres, que sempre se mostrou tão grande amigo meu, é porque eu dispunha de poucos exemplares a distribuir, tanto que gente da minha família os teve de comprar. Nem tampouco isso é pão-durismo da minha parte, pois um autor só ganha 10% do preço de lançamento. A propósito, falei com o distribuidor da antologia no Rio Grande do Sul, sr. Leopoldo Boeck, da Livraria Sulina. Disse-me ele o seguinte, que copiei textualmente, na sua presença: "Corrêa & Cia. são os representantes da Sulina em Alegrete, cabendo a essa firma encomendar os livros de conformidade com os pedidos. Lastimo que não mantenham esses representantes um devido estoque da antologia mesmo sem os pedidos, pois quem não é visto não é lembrado". Bem, esses são outros quinhentos mil-réis, não nossos, mas lá deles. Escrevo-te às pressíssimas, como vês. Qualquer coisa que eu tenha omitido ou esquecido, espero que vá perdendo a importância até nosso breve encontro. O abraço do

Mario Quintana

A segunda plaqueta da coleção foi justamente uma reunião de seus poemas, *Inéditos e esparsos*, ainda em 1953. Assiz do Vale é o pseudônimo do poeta Antônio Brasil Milano, autor do quinto caderno, *Canções de todos os tempos*, em 1954. Adiante, ele menciona o jornalista João de Deus Barros Peres, editor da *Gazeta de Alegrete*, a quem prometera enviar sua recente antologia (Rio de Janeiro: Editora do Autor, 1966).

Porto Alegre s.d.

Meu caro Sergio:

Desculpa escrever-te a lápis. É domingo. Não encontrei caneta, nem pude ir comprar. O arquivo do Correio fechado: impossível dar uma batida nele hoje. Sábado, quando recebi tua carta, também estava fechado. Por mais que procurasse nos cadernos à mão, nas gavetas, na lua – impossível achar "O velho do espelho". Uma pena, a tua pressa. Pois acho que aquele poema vale a pena. Mando-te um que encontrei. Não é necessário conservar o primeiro verso em letras maiúsculas. Foi um truque para contornar a minha falta de imaginação em matéria de títulos e evitar a designação "Soneto", a qual, agora, depois de muito pensar, julgo a melhor no caso. Espantado por desejares poemas preferentemente da Antologia (pois me parece que os tinhas pedido inéditos em livro) e ao mesmo tempo desconfiado de que por isso vocês talvez achem que meus últimos poemas não prestam. A minha opinião pessoal é que sou como o cinema brasileiro: ou faço coisa muito boa ou coisa muito ruim – medíocre é que não sou. Curioso por saber a escolha pessoal de vocês.

Mario

O poema não encontrado destinava-se à revista *Ibirapuitã*, dirigida pelo poeta Antônio Milano, com minha participação como *Iohannes fac totum*. Os "cadernos" em que Quintana procurava o poema eram as edições anteriores do Caderno de Sábado do *Correio do*

Povo, editado por P. F. Gastal. Como não o achou, enviou outro, o belíssimo soneto que começa assim: "A beleza dos versos impressos em livro..."

Porto Alegre 11 de abril de 1969

Meu caro Sergio:

Ora viva que te manifestaste! Eu esperava a cada hora, isto é, a qualquer hora, tua visita ao Correio, queria bater um papo e também para saber se já saíra a Ipirapuitã, pois desejo publicar em minha seção aquele poema metapatafísico e, como era um inédito para a Ibirapuitã, é claro que não pode ser publicado antes no Correio. Acabo de encontrar enfim nas minhas gavetas (que são uma 2ª edição piorada do Caos) a carta que te escrevera a 10/12/68. Quero ver se consigo um dia não estar dormindo até as 11 ou 12 da manhã para poder ir tomar um cafezinho com vocês. Não consigo dormir. O meu neuriatra ou psiquiatra ou analista, ou coisa que o valha, parece que não me solta antes de descobrir a causa da minha insônia; já lhe declarei que não me podem tratar tanto assim, sob pena de me deixarem anormalmente normal ou redondamente quadrado. Ele pensou que eu tivesse apenas feito uma gracinha. Mas o fato é que dependo de medicamento que só com receita médica, e portanto... Bem, isto lá é assunto?! Aguardo tua visita. Encontrei o Antoninho na rua. Prometeu aparecer. Não apareceu.

Mario

A carta de dezembro de 1968 ele nunca me enviou. Eu já residia em Porto Alegre e ele prometera me visitar. Antoninho é o poeta Antônio Milano, seu amigo da juventude e já então meu sogro.

Porto Alegre 21 de junho de 1969

Meu caro Sergio:

Como ainda não tenho conseguido levantar-me em hora canônica para a lasanha, continuo contando com as tuas visitas, mesmo porque, depois da resposta do Goida, tudo está OK.

Os meus respeitos a vocês três e o abraço do velho amigo

Mario

P.S. (28 de junho) Preciso saber o nome completo do Airton.

P.S. (03 de julho) Acabo de receber um bilhete assinado Sergio. Ressuscito pela 2ª vez das minhas gavetas esta carta que eu ia te mandar. Não há de ser nada. O abraço do velho amigo

Mario

Nota: o pagamento de minhas colaborações no *Correio do Povo* estava atrasado e Quintana me noticiava que seu colega, Oswaldo Goidanich, encaminhara a ordem de pagamento. Os "três" que ele refere somos eu, minha mulher e o pai dela, Antônio Milano. O nome que pede é o do advogado Airton Pacheco do Amaral, então Secretário de Educação e Assistência Social de Alegrete, que em breve o recepcionaria na cidade.

Porto Alegre, s.d.

Sérgio:

Um abraço a vocês três pelo advento da Bianca. Encantado com a gentileza de me haveres feito a comunicação. O bilhete era do Sérgio Rosa, creio eu, reclamando minha presença. Já lhe respondi. O único outro Sérgio que eu conhecia está do Outro Lado: um endereço muito vago para escrever-lhe. Eu, bem. Mas urso, como vês. O meu médico deve estar louco, porque eu consegui convencê-lo de que estava são. Tive alta a 1º de agosto. Só tenho de munir-me de receitas suas, de 90 em 90 dias. Ainda não perdemos a esperança do teu aparecimento aqui na Redação.
O teu velho amigo

Mario

Porto Alegre 09 de junho de 1970
Meu caro Sergio:
Só hoje pude conseguir o endereço do Afif. Não, não o conheço pessoalmente, pelo menos que eu me lembre. Gastal não lhe saberá o endereço. Daí, a minha demora. Imediatamente providenciei no arquivo do Correio um retrato deste cara que te escreve e, desde o dia de teu pedido, ele está à tua espera. Não quero arriscar-me a mandá-lo pelo correio postal.
Abraço do

Mario

Quintana, P. F. Gastal e eu admirávamos os sonetos do poeta de São Sepé, Afif Jorge Simões Filho, que haveria de falecer em 1986, aos 59 anos. Seu livro, *O menino submerso*, seria publicado em 1983, por Martins Livreiro.

Porto Alegre 14 de outubro de 1970

Meu caro Sergio:

Como tivera o cuidado de escrever com papel transmissor, descobri que na antepenúltima linha do questionário citei inadvertidamente Cecília Meireles entre os poetas estrangeiros, já citada antes como o meu poeta predileto no Brasil. Peço-te fazeres a correção. Na resposta à 2ª questão, há um 2. a mais no princípio da linha e falta abrir um parêntese no fim da 3ª linha (e falta também uma vírgula). Trata de corrigir esses senões. Em pagamento, já no próximo domingo, se Deus quiser, começo a mandar em teu nome as minhas soluções do QUEBRA-CABEÇA. Favor acusar o recebimento desta. Agradece-te o velho amigo

Mario Quintana

Como eu não tinha condições financeiras de assinar o *Correio*, ele passou a fazer o difícil quebra-cabeça da edição dominical em meu nome. Entre os acertadores, era sorteada uma assinatura semestral do jornal. Eu ganhei a assinatura. Ou ele fez com que eu ganhasse.

Porto Alegre 04 de novembro de 1970
Meu caro Sergio:
Só hoje, dia 4, recebi tua carta, mas a desnitidez providencial (para eles) do carimbo os livra de reclamações. De modo que não sei quando receberás esta. Não estou bem certo quanto ao 2º quarteto. Vou procurar. Estive fazendo alguns retoques (retoques e não arrebiques) naquele soneto da gente acordar para dentro quando sonha. São no sentido da simplificação e do correntio da linguagem, pois o final daquela primeira versão estava, lá pelo fim, desnecessariamente sincopado. Um poema, quando se dará por terminado? Não sou eu o exigente em tal assunto, quem faz exigências é o poema. O abraço do velho amigo

Mario

P.S. Não te assustes, a tua encomenda será como está. M.

Porto Alegre 29 de abril de 1974

Sergio:

Recebi telefonema de uma moça minha amiga da década de 40, chegou, quer ver-me, vai partir. De modo que fiquei de jantar com ela. De modo que o Erico – babaus! A tua encomenda está pronta. Até muito breve,

Mario

Ele me pedira para levá-lo à casa de Erico: era a visita atrasada pelo 68º aniversário do amigo, a 17 de dezembro do ano anterior. A visita foi feita mais tarde.

Porto Alegre 17 de maio de 1979
Meu caro Sergio:
Procurando outro endereço, eis que te encontro no meu canhenho (em que realidade se terá baseado o Erico para escrever Caminhos cruzados*?). Como estou hoje sobremaneira epistolográfico, mando-te esta, com o meu agradecimento pelas notas inseridas na tua página. Recebi carta do Kovadloff, meu tradutor para a coleção Macunaíma da Editora Calicanto. Diz ele que vai submeter-me a escolha e a tradução dos poemas. Acabo de ter uma grande surpresa. Tinha eu comigo um livro da Edla. Em São Paulo, ela me garantiu que eu não tinha lido o seu livro* Antes do amanhecer*. É claro que a moça tinha certeza da minha não-leitura, senão eu lhe diria o que te digo agora: é simplesmente admirável. Eu desconfiava da Edla por causa de uma barbaridade que ela me dissera ao nos conhecermos aqui em Porto Alegre e por outra barbaridade que ela escreveu na dedicatória. Pensei que ela fosse louca. Depois te conto. Escreve-me ou aparece. Um abraço saudoso do amigo velho*

Mario Quintana

Referência à escritora Edla Van Steen, mas ele não me contou que espécie de "barbaridades" ela teria cometido. Às vezes, ele implicava com coisas sem a menor importância.

Porto Alegre 12 de setembro de 1988
Recado para Elena e Sergio Faraco:
Reconheço que tenho uma dívida de gratidão com Vianna Moog e que pode causar estranheza a minha recusa. Mas aconteceu a decisão de Ulysses Guimarães, à qual Assis Barbosa não se referiu e que mudou a anterior resolução de me ser oferecida a vaga de Menotti del Picchia. Cita ele o apoio de sete acadêmicos, quando seria necessário o apoio da metade dos acadêmicos mais um. Como se vê, não há tempo para eles conseguirem isto...
Mario

Bilhete que endereçou à sobrinha Elena Quintana e, por algum motivo que já não lembro, a mim. Foi quando ele se recusou a candidatar-se mais uma vez à Academia Brasileira de Letras.

Porto Alegre 1989

Um dia um Papa decretou que São Jorge jamais havia
[existido.
Meu Deus! a falta que nos faz São Jorge...
Se ninguém se atrever a montar no seu Cavalo Branco,
O Dragão Negro nos apanhará!

P.ª o Sergio,
uma lembrança
do amigo velho

Mario Quintana

Sérgio,

Um abraço a vocês três pelo advento da Bianca. Encantado com a gentileza de me haverdes feito a comunicação. O bilhete era do Sérgio Rosa, creio eu, reclamando minha presença. Já lhe respondi. O único outro Sérgio que eu conhecia está do Outro Lado: um endereço muito vago para escrever-lhe. Eu, bem. Mas ido, como vês. O meu médico deve estar louco porque eu consegui convencê-lo de que estava são. Tive alta a 1º de agosto. Só tenho de munir-me de receitas suas, de 90 em 90 dias. Ainda não perdemos a esperança do teu aparecimento aqui na Redação.

O teu velho amigo

Mario

Não te irrites, por mais que te fizerem.
Estuda, a frio, o coração alheio.
Farás assim, do mal que eles te querem,
teu mais amável e sutil recreio...

Mario Quintana

Recado para Elena e Sérgio Faraco

Reconheço que tenho uma dívida de gratidão com Vianna Moog e que pode causar estranheza a minha recusa. Mas aconteceu a desistão de Ulysses Guimarães, à qual Assis Barbosa não se referiu e que anulou a anterior resolução de me ser oferecida a vaga de Menotti Del Picchia. Cita ele o apoio de sete acadêmicos, quando seria necessário o apoio de metade dos acadêmicos mais um. Como se vê, não há tempo para se conseguirem isto....

Auri

12/9/88

A IMAGEM PERDIDA

(Para Sérgio Faraco)

Como essas coisas que não valem nada
E parecem guardadas sem motivo
(...alguma folha seca... uma taça quebrada...)
Eu só tenho um valor estimativo...

Nos olhos que me querem é que eu vivo
Esta existência efêmera e encantada...
Um dia hão de enxergar-se, e então, mais nada
Refletirá meu vulto vago e esquivo...

E cerraram-se os olhos das amadas,
O meu nome fugiu de seus lábios vermelhos,
Nunca mais, de um amigo, o caloroso abraço...
E, no entretanto, sem meio desta longa viagem
Muitas vezes parei... e, nos espelhos,
Procuro, em vão, minha perdida imagem!

Mario Quintana

P.Alegre, novembro 88

MARIO QUINTANA

DESAMPARO

Um dia um Papa decretou que São Jorge jamais havia existido.
Meu Deus! a falta que nos faz São Jorge...
Se ninguém se atrever a montar no seu Cavalo Branco,
O Dragão Negro nos apanhará!

Mario Quintana

Pra Sérgio
uma lembrança
do amigo velho

EDITORA VOZES LTDA.

Filial: **PORTO ALEGRE**
Rua Riachuelo, 1280
Porto Alegre, RS - CP 1157
Tel.: 25-1172
CGC-MF 31.127.301/005
Estadual 12.455

Matriz
Rua Frei Luís, 100
25.600 Petrópolis, RJ
Filiais: Rio de Janeiro, São Paulo, Belo Horizonte, Brasília, Recife, Bragança Paulista e Curitiba

Sérgio

Já disse mais ou menos o nosso velho amigo Churchill que não há nada mais medonho do que um herói na hora H. Estou descansando para o lançamento às 21 h. no Plaza Hotel São Rafael. Deixo-te o meu livreco.

Mario

Sobre o autor

SERGIO FARACO nasceu em Alegrete, no Rio Grande do Sul, em 1940. Nos anos 1963-5 viveu na União Soviética, tendo cursado o Instituto Internacional de Ciências Sociais, em Moscou. Mais tarde, no Brasil, bacharelou-se em Direito. Em 1988, seu livro *A dama do bar Nevada* obteve o Prêmio Galeão Coutinho, conferido pela União Brasileira de Escritores ao melhor volume de contos lançado no Brasil no ano anterior. Em 1994, com *A Lua com sede*, recebeu o Prêmio Henrique Bertaso (Câmara Rio-Grandense do Livro, Clube dos Editores do RS e Associação Gaúcha de Escritores), atribuído ao melhor livro de crônicas do ano. No ano seguinte, como organizador da coletânea *A cidade de perfil*, fez jus ao Prêmio Açorianos de Literatura, na categoria crônica, instituído pela Prefeitura Municipal de Porto Alegre. Em 1996, foi novamente distinguido com o Prêmio Açorianos de Literatura, na categoria conto, pelo livro *Contos completos*. Em 1999, recebeu o Prêmio Nacional de Ficção, atribuído pela Academia Brasileira de Letras à coletânea *Dançar tango em Porto Alegre* como a melhor obra de ficção publicada no Brasil em 1998. Em 2000, a Rede Gaúcha SAT/RBS Rádio e Rádio CBN 1340 conferiram ao seu livro de contos *Rondas de escárnio e loucura* o troféu Destaque Literário (Obra de Ficção) da 46ª Feira do Livro de Porto Alegre (Júri Oficial). Em 2001, recebeu mais uma vez o Prêmio Açorianos de Literatura, categoria conto, por *Rondas de escárnio e loucura*. Em 2003, recebeu o Prêmio Erico Verissimo, outorgado pela Câmara Municipal de Porto Alegre, e o Prêmio Livro do Ano (Não-Ficção) da Associação Gaúcha de Escritores, por *Lágrimas na chuva*, que também foi indicado como Livro do Ano pelo jornal *Zero Hora*, em sua retrospectiva de 2002, e eleito pelos internautas, no site ClicRBS, como o melhor livro rio-grandense publicado no ano anterior. Em 2004, a reedição ampliada de *Contos completos* foi distinguida com o Prêmio Livro do Ano no evento O Sul e os Livros, patrocinado pelo jornal *O Sul*, TV Pampa e Supermercados Nacional. No mesmo evento, foi agraciada como o Destaque do Ano a coletânea bilíngüe *Dall'altra sponda/Da outra margem*, em que participa, ao lado de Armindo Trevisan e José Clemente Pozenato. Em 2007, assinou contrato com a Rede Globo para a realização de uma microssérie baseada no conto *Dançar tango em Porto Alegre*, com direção de Luiz Fernando Carvalho. No mesmo ano, recebeu o prêmio de Livro do Ano – categoria não-ficção, da Associação Gaúcha de Escritores, pelo livro *O crepúsculo da arrogância*, e o Prêmio Fato Literário – categoria personalidade, atribuído pelo Grupo RBS de Comunicações. Em 2008, recebeu a Medalha Cidade de Porto Alegre, concedida pela Prefeitura Municipal. Seus contos foram publicados nos seguintes países: Alemanha, Argentina, Bulgária, Chile, Colômbia, Cuba, Estados Unidos, Paraguai, Portugal, Uruguai e Venezuela. Reside em Porto Alegre.